L'ORIGINE

ET LE PROGRÈS

DES ARTS.

ÉPITRE AU ROI.

L'ORIGINE
ET LE PROGRÈS
DES ARTS.
ÉPITRE AU ROI,
PAR M. WAROQUIER.

Fiat lux, & lux facta est.

A PARIS,

Chez VALLEYRE l'aîné, Imprimeur-Libraire, rue de la vieille Bouclerie, à l'Arbre de Jessé.

M. DCC. LXXV.

AVEC PERMISSION.

L'ORIGINE
ET LE PROGRÈS
DES ARTS.

ÉPITRE AU ROI.

DANS le ſein des Forêts l'homme errant & ſauvage,
Triſte, hideux, féroce, & n'ayant pour partage
Qu'un deſir effréné, qu'un appétit groſſier,
A ſon farouche inſtinct ſe livrait tout entier.
Sans principe, ſans mœurs, ſans régle & ſans culture,
Guidé par les penchans de l'épaiſſe Nature,
Ne cherchant qu'à pouvoir aſſouvir ſes beſoins,
Aux deſirs de ſes ſens il conformait ſes ſoins.
Dans le creux de ſa main, d'un ruiſſeau l'eau courante
Appaiſait de ſa ſoif l'ardeur impatiente;
Et quand ſur lui Morphée (1) étendait ſes pavots,
Un antre ténébreux ſervait à ſon repos.

Tantôt avec la brute au milieu des épines,
Pour contenter sa faim, il broutait des racines,
Encor de cent dangers qui l'obsédaient partout,
L'idée, en les broutant, en corrompait le goût.
Tantôt pour se parer de la dent meurtrière
D'un animal féroce, avide & sanguinaire,
Par la force il fallait repousser son effort,
Ou l'étendre à ses pieds, & le renverser mort.
Sous un chêne tantôt rencontrant son semblable,
Ils se lançaient tous deux un regard formidable;
Bientôt les poings levés, les yeux & l'air hagards,
Le geste menaçant & les cheveux épars,
Athlétes obstinés, faisant dans leur colère,
Sous leurs pieds trépignans, refouler la poussière,
Ils s'acharnaient tous deux, & de rage écumans,
De cent coups redoublés se meurtrissant les flancs,
Pour calmer de leur faim la cruelle torture,
Ils disputaient du gland la grossière pâture.
Le faible, par le fort abattu, renversé,
Meurtri, chargé de coups, & par la faim pressé,
Fuyait en frémissant, & laissait dans la joie
Le vainqueur haletant, mais maître de la proie.

MALGRÉ tous ces dangers dont l'effet, tous les jours,
De sa vie inquiéte empoisonnait le cours,

De ſes pas incertains la courſe vagabonde,
Le rendait iſolé même au centre du monde.
Sous la ſombre ignorance accablé, ſans vertu,
Son eſprit engourdi, ſommeillait abattu.
La ſenſible amitié, ſi tendre, ſi touchante,
Ce nœud des malheureux reſſource conſolante,
Lien, préſent du Ciel, digne de ſon renom,
Hélas! il ignorait même juſqu'à ſon nom.
L'Amour, ce feu charmant, douce union des âmes,
Qui remplit tous les cœurs de ſes heureuſes flâmes,
Dont l'inviſible nœud, ſubtil, & le plus fort,
De la Terre & du Ciel fait le ſublime accord;
Flamme délicieuſe, en miracles féconde,
Source de l'Univers, & ſyſtême du monde,
Ce tendre Amour enfin rempli de tant d'appas,
Son cœur, hélas! ſon cœur ne le connaiſſait pas.
Un objet au hazard offert à ſon paſſage,
De ſes ſens emportés aſſouviſſait la rage;
Mais, ſemblable à la brute, après ſa folle ardeur,
Il laiſſait-là l'objet & s'éloignait rêveur.
Enfin de toutes parts l'affreuſe barbarie
De ſon triſte cahos enveloppait ſa vie,
Et de ſon cœur, ſans ceſſe, écartant le bonheur,
De ſes jours ténébreux prolongeait la langueur.

ORPHÉE (3), Orphée enfin, par les ſons de ſa lyre,
Sçut prendre ſur les cœurs un ſouverain empire,
De ces humains épars raſſembla les tribus,
Leur fit de l'harmonie entendre les vertus,
Fléchit de leur humeur la rigueur indocile,
Eclaira leur raiſon d'une lumière utile,
Et de leur triſte nuit diſſipant le cahos,
Eleva leur eſprit aux ſublimes travaux.
Bientôt l'un enflammé, pouſſé d'un zèle extrême,
Dans l'art de cultiver inſtruit par Triptolême,
De la glèbe rébelle à force ouvrant le ſein,
Du ſillon inconnu nous trace le deſſein;
De branchages unis; l'autre par la texture,
De ſa faible maiſon forme l'architecture;
Celui-ci, méditant de plus nobles projets,
De bâtir une ville eſſaye le ſuccès;
Par lui le plan s'en trace & l'enceinte eſt preſcrite,
Et par ſes ſoins actifs elle eſt déja conſtruite:
Jaloux par ſes travaux de ſe faire un renom,
Il cherche à s'illuſtrer en lui donnant ſon nom.
Dans un antre où la flamme en flots ſe développe,
Tantôt les bras fumeux, laborieux Cyclope,
Sous les coups redoublés de ſes peſans marteaux,
Celui-là plus nerveux fait gémir les métaux;

Tantôt pour les courber en inſtrumens utiles,
Et les rendre à la main plus ſouples, plus ductiles;
Tantôt cherchant encor par un mélange heureux,
A former par principe une union entr'eux,
Sur les flots bouillonnans d'un feu vif & rapide,
Il rend de ces métaux l'opacité liquide;
Enfin l'activité fait mouvoir les travaux,
Et chaque jour en eux voit des ſuccès nouveaux.
A l'utile groſſier, par degrés, l'agréable
Joignit de ſon pouvoir le charme délectable;
De l'agreſte Nature embelliſſant les traits,
L'Art ſçut tout ſubjuguer par ſes brillans effets.
Tout ſe développa: les formes s'arrangèrent:
Sur la nuit du cahos les beaux Arts s'élevèrent;
Et du génie entr'eux, par l'accord le plus beau,
Firent de l'Univers un ſuperbe tableau.
Leur Troupe enchantereſſe, en miracles féconde,
De ſes divins talens vint enrichir le Monde.
La belle Architecture au front majeſtueux,
Appuyant ſes deux mains ſur ſes Ordres pompeux,
Parut. On admira ſa grandeur, ſa nobleſſe,
De ſes proportions l'élégante juſteſſe:
Tous les Grands empreſſés l'invitèrent chez eux;
Elle ſe rend enfin à leurs ſuperbes vœux.

Soudain de ſes effets développant la maſſe,
Elle ravit les yeux ſurpris de ſon audace.
Ici, laiſſant agir ſa ſeule majeſté,
Du plus ſublime ſimple elle offre la beauté ;
Là, la magnificence augmentant ſa nobleſſe,
Cent portiques ornés préſentent ſa richeſſe.
D'une main elle éleve à Mauſole un tombeau (3),
Du conjugal amour monument le plus beau ;
De l'autre, dans Ninive elle arrange, elle ordonne,
Et de murs (4) étonnans elle ceint Babylone.
Déja de ſes travaux tout brille dans Memphis,
Lorſque ſe recueillant près de Sémiramis (5)
Elle cherche en ſecret, imagine, projette,
Forme un plan, & ſoudain ſortant de ſa retraite,
Par un coup éclatant, chef-d'œuvre de ſon Art,
Elle préſente en l'air à l'avide regard,
Par un effet hardi que l'adreſſe ſeconde,
Ces ſuperbes Jardins la merveille du monde.
Bientôt ſon nom fameux paſſe en cent lieux divers ;
On l'appelle à grands cris des bouts de l'Univers :
Par-tout on la déſire, on l'invite, on la preſſe,
De l'Egypte à la fin elle arrive en la Grèce.
Tout s'empreſſe autour d'elle, on lui rend mil honneurs ;
Elle reçoit les vœux, encens de tous les cœurs.

Chaque ville l'envie; Ephèſe, Thèbe, Athènes,
Sparte, Ilion, Argos, & Corinthe, & Mycènes.
Auſſi pour reconnaître un accueil ſi flateur,
Elle fixe chez eux ſon ſéjour enchanteur.
Tout change à ſon aſpect: ſon heureuſe préſence
Répand par-tout l'éclat de la magnificence.
Rhodes bientôt par elle, en ſon Port curieux,
Fait admirer de loin ſon Coloſſe orgueilleux (6).
Sur la ſtérile ronce où rampaient des reptiles,
On bâtit des Palais, on voit naître des Villes;
La Grèce s'embellit du jour de ſes attraits:
On la voit dans Ephèſe élever à grands frais,
De cette même main, ſi fertile en miracles,
Ce Temple (7) devenu fameux par mille Oracles,
Qu'un Fanatique (8), épris de l'immortalité,
Dans le bouillant accès de ſa perverſité,
Par un coup inſenſé qu'on ne ſaurait comprendre,
Déſola par la flamme, & réduiſit en cendre.
Mais c'eſt peu que ſa main rempliſſant tous les vœux,
Travaille nuit & jour par des efforts heureux,
A donner à la Grèce une face nouvelle,
Les autres Arts bientôt ſe raſſemblent près d'elle;
Et d'un commun accord ſignalant leurs travaux,
Enfantent à l'envi des prodiges nouveaux.

D'UN objet tendre & cher pour conſerver l'image,
Et tranſmettre ſes traits juſques au dernier âge,
Par le jeu contraſté des ombres & des jours,
Par la loi du compas arrangeant les contours,
La palette à la main, préſent de la Nature,
Parut avec éclat la ſavante Peinture (9).
Ses crayons enchanteurs, ſon faire merveilleux,
Sur elle, en un inſtant, fixèrent tous les yeux :
On admira la noble & ſûre intelligence
Qui dirigeait en tout ſa ſuperbe ordonnance ;
Richeſſe de deſſein, fraîcheur de coloris,
Le beau ton des couleurs, tout ſignala ſon prix.
Bientôt elle étonna par ſes pinceaux magiques,
Elle orna les palais, décora les portiques,
Des cabinets des Rois enrichit les lambris,
Et changea tous les lieux par ſon art embellis.
Des exploits éclatans conſervant la mémoire,
Elle ſçut des Héros s'aſſocier la gloire.

MAIS tandis qu'elle court de ſuccès en ſuccès,
Que la toile ſe prête à ſes brillans effets,
Et ſemble s'animer ſous le pinceau d'Apelle (10),
Sous le docte ciſeau conduit par Praxitelle (11),
Le marbre eſt étonné, par des traits inconnus,
De ſe voir tout-à-coup Hébé, Flore & Vénus.

L'airain, ſous Phidias (12), reſpire, & prend une âme,
Sous leurs ſavantes mains tout s'anime & s'enflâme.
Archimède (13) étonnant dans ſes brillans travaux,
Préſente chaque jour des prodiges nouveaux.
Son eſprit créateur, par une route ſûre,
Dans ce qu'il entreprend aſſervit la Nature;
Tout ſe prête, obéit à ſes projets heureux:
On dirait, en voyant ce miroir ſi fameux,
Qu'à ſon gré maîtriſant l'Aſtre qui nous éclaire,
Il lui vole ſes feux pour embrâſer la Terre.
La Grèce voit alors cent chef-d'œuvres divers,
De ſon nom célébré remplir tout l'Univers.
Aux beaux Arts triomphans tous les talens s'uniſſent:
Du goût bientôt par eux les routes s'applaniſſent.
Homère (14), Chantre illuſtre, en ſes accens divins,
De Troye & des Titans célèbre les deſtins.
Pindare (15), en ſes écrits ſublimes, magnifiques,
De l'Athlète vainqueur dans les Jeux Olympiques (16)
Tranſmet le nom fameux à la poſtérité,
Et du même pas vole à l'immortalité.
Par les ſons ſéduiſans de ſa lyre touchante,
Amphion (17) charme tout; il ravit, il enchante.
Le tendre Anacréon (18), près de ſa Licoris,
Chante la Liberté, les Amours & les Ris.

Et la Grèce, au milieu d'un destin si prospère,
Paraît à tous les yeux la Reine de la Terre.
ROME altière & superbe en ses vastes exploits,
Avait déja rangé cent peuples sous ses loix,
Et ne voulait avoir, en conquêtes féconde,
De terme à ses succès que les bornes du Monde.
La Grèce fixe alors sa vive attention ;
Cette conquête rit à son ambition :
Un Pays si célèbre, en beautés si fertile,
Où les Arts ont uni l'agréable à l'utile,
Manque à ses vœux ardens pour régir l'Univers ;
Rome marche, combat, & la Grèce est aux fers.
Mais la Grèce bientôt, quoiqu'au joug asservie,
Sait reprendre dans Rome une nouvelle vie ;
Elle introduit des Arts le pouvoir enchanteur,
Et subjugue à son tour son barbare vainqueur.
Déja de toutes parts les beaux Arts s'établissent ;
Tout brille par leurs mains, tous les lieux s'embellissent.
Ils signalent bientôt leurs travaux rassemblés ;
Et l'on voit, tout-à-coup, leurs efforts redoublés,
Par un sublime accord, si parfait & si juste,
Produire avec éclat le beau siècle d'Auguste.
FLÉAU de l'Eternel, bras exterminateur,
Portant par-tout la mort, le carnage & l'horreur,

Le terrible Attila (19) plus cruel que la foudre,
Paraît, désole tout, & réduit tout en poudre.
Sous son bras foudroyant les morts sont en monceaux,
Et le sang sous ses pas coule en larges ruisseaux.
Des Arts, à son aspect, la Troupe épouvantée,
De l'Italie en feu, s'enfuit précipitée.
Neptune à leur secours fait voler ses vaisseaux,
Et d'un coup d'œil pour eux il applanit les flots.
Ils abordent en Grèce, aux lieux de leur aurore;
De-là, sans s'arrêter, pénètrent au Bosphore.
Constantin (20) les reçoit d'un air plein de bonté,
Accueille leur hommage avec aménité,
Honore leurs travaux, les voit, les encourage,
Et sa munificence en est l'heureux partage.
Là, comblés de faveurs, les Arts en sûreté,
Dans le sein de la paix & de la liberté,
Font, en décorant tout de la magnificence,
De leurs travaux brillans admirer la puissance.
Mais Mahomet (21) jaloux, voyant, en frémissant,
Au pouvoir des Chrétiens l'Empire du Croissant,
Déploie avec fureur l'étendard de la guerre:
Cent mille combattans sur l'onde & sur la terre,
Sous ses ordres rangés, marchent vers Constantin (22),
De l'Empire Ottoman pour fixer le destin.

Dans Byſance (23) allarmée auſſitôt naît le trouble ;
Les beaux Arts ſont en tranſe, & leur crainte redouble :
Ils partent ; & leur fuite abandonne à la nuit
Des lieux toujours brillans où leur préſence luit.
Où vont-ils ? Mais déja je les vois dans Florence :
Déja de Médicis (24) ils ont la bienveillance.
Ah ! quelle eſt leur douleur en parcourant ces lieux,
Par leurs mains autrefois rendus délicieux,
Aujourd'hui dévaſtés, n'ayant plus pour partage
Qu'un aſpect dégoûtant, triſte, affreux & ſauvage ;
D'avoir par tant de ſoins, par tant d'art, embelli
Un ſéjour maintenant par l'horreur avili :
Ces jardins enchanteurs, ces travaux pleins de charmes,
Aujourd'hui dépéris, leur arrachent des larmes.
Mais bientôt ranimés par Côme (25) & ſes bienfaits,
Leur main dans tous les lieux rétablit les attraits ;
Tout s'orne, tout reprend une nouvelle face :
Là c'eſt un Obéliſque, ici c'eſt une Place ;
Tout devient ſomptueux, tout a l'air de grandeur,
Et la ſplendeur par-tout éclipſe la laideur.
On voit de toutes parts s'élever des Portiques,
Des Palais éclatans, des Temples magnifiques :
On dirait qu'en ces lieux, leur patrie autrefois,
Les beaux Arts revenus pour la ſeconde fois,

Irrités

Irrités d'avoir vu leurs chef-d'œuvres si rares,
Aux pieds cruellement foulés par des Barbares,
S'attachent à laisser par-tout leurs plus beaux traits,
Pour immortaliser leurs travaux à jamais.
TANDIS que leur main court de merveille en merveille,
Le nom du grand LOUIS * vient frapper leur oreille.
Un Monarque puissant, grand dans tous ses projets,
Grand parmi les Grands même, & grand par ses bienfaits,
Grand par l'hommage entier d'un Peuple qui l'adore,
Admiré, respecté du couchant à l'aurore,
Ami des vrais talens, sachant les caresser,
Et n'oubliant jamais de les récompenser.
Colbert, le grand Colbert, son Ministre fidèle,
Enflammé par les Arts, épris du même zèle;
Tout leur offre un chemin superbe à parcourir,
Aussi, sans balancer, on les voit accourir.
A la Cour de LOUIS leur Troupe se présente;
L'accueil qu'elle en reçoit surpasse son attente:
Sa grandeur, dont l'éclat les frappe de plus près,
Sous leurs yeux éblouis semble agrandir ses traits.
Un seul de ses regards les saisit, les enflâme,
Et déja sa grandeur a passé dans leur âme.

* LOUIS XIV.

Leur cœur impatient de marquer ſon amour,
Brûle du zéle ardent de paraître au grand jour ;
Ils attendent l'inſtant où leurs pas vers la gloire
Vont de LOUIS encore illuſtrer la mémoire ;
Enfin pour condeſcendre à leurs déſirs jaloux,
L'heureux moment arrive, & les ſatisfait tous.
LOUIS veut un Palais dont la majeſté flatte,
Où la magnificence avec le goût éclate,
Dont le ſuperbe enſemble annonce à tout regard,
Et la grandeur du Maître, & la grandeur de l'Art.
Des Arts, au même inſtant, la Troupe ſe raſſemble ;
Chacun veut concourir aux beautés de l'enſemble.
Vainement le terrein, par ſa difficulté,
Paraît nuire au projet pour être éxécuté ;
Leur courage indomptable, & leur fermeté ſûre,
Sous leurs efforts vainqueurs font plier la nature.
C'eſt LOUIS qui commande à leurs brillans travaux ;
Ce nom conduit leur bras qui combat en Héros :
Ils ſavent que l'obſtacle, épine de la gloire,
Eſt la palme qui croît aux pieds de la Victoire :
Tout à leur entrepriſe en vain oppoſe un frein,
On force, l'on réduit, on dompte le terrein,
Et l'on voit, tout-à-coup, du ſein de ſes entrailles,
Sortir pompeuſement le ſuperbe Verſailles.

De ce vaste édifice éclatant en beauté,
L'œil étonné recule, & s'approche enchanté.
Tout y frappe, surprend par la magnificence:
Mansard en dirigea l'admirable ordonnance;
Le Moine avec le Brun, par l'éclat le plus beau,
L'enrichirent encor de leur brillant pinceau;
Et le Naûtre, divin dans l'art d'être agréable,
Arrangea les Jardins d'un goût inimitable.
Le ciseau s'illustrant par un sublime essor,
Par le marbre animé, veut les orner encor:
Et bientôt sous sa main cent superbes statues
Offrent avec l'Amour, les Graces demi-nues,
Hébé, Flore, Vénus, Zéphire & l'Aquilon,
Et Pomone & Vertumne, & les Bains d'Apollon,
Enfin d'objets si beaux un si brillant ensemble,
Que du Monde on croit voir les merveilles ensemble.
Tout ravit dans ces lieux, tout y paraît charmant;
Mais malgré ces beautés, il manque un élément:
Celui qui rafraîchit la brûlante Bergère,
Quand du sein du midi l'Astre qui nous éclaire
Du torrent de ses feux inondant nos guérêts,
Dore de toutes parts les présens de Cérès.
Louis commande alors: chacun des Arts qui lutte,
Attentif à son ordre, aussi-tôt exécute.

(26) De la Seine le Dieu par lès Arts enchaîné,
De ſon urne apperçoit le penchant détourné:
L[illegible] main ſait arrêter ſa courſe vagabonde,
Pour offrir à LOUIS le tribut de ſon onde,
Qui lancée à l'inſtant en cent canaux divers,
(27) En ſuperbes berceaux s'éleve dans les airs,
Tantôt en nappe, en pluie, en détours agréables,
Et préſente aux regards cent formes admirables.
De ſon projet rempli le Monarque flatté,
Aux Arts qu'il employa montre un œil enchanté,
Et ſur eux épanchant le cours de ſes largeſſes,
Apprend à tous les Rois à placer leurs richeſſes.
 MANSARD, encouragé par ſes nobles bienfaits,
Eſſaye ſon eſprit à de nouveaux ſuccès.
Sur le revers d'un mont couronné de racines,
Que la Nature arma d'une forêt d'épines,
Repaire vil, impur, des reptiles hideux,
Eſt un terrein ſauvage, inculte, abject, affreux.
C'eſt-là que de ſon Art étalant la richeſſe,
Son eſprit, par l'effet d'une ſavante adreſſe,
De l'informe Marly, par ſon arrangement,
Veut faire à l'Univers un nouvel ornement.
 Au milieu d'un Jardin dont la noble ordonnance,
Préſente à tous les yeux le goût & l'élégance,

Dont lui-même arrangea le plan & le deſſein,
Pour en faire à le Naſtre un ſuperbe larcin (28)
Où la charmille jointe aux parquets de verdure,
Forme un tout embelli par l'Art & la Nature,
Il éleve un Palais, dont par quatre côtés,
La même face aux yeux répète ſes beautés;
De jolis Pavillons alignés ſur deux files,
Sont de ce lieu charmant les demeures tranquiles;
Un Parterre agréable & bordé de Boſquets,
Aux regards enchantés préſente mille attraits.
L'œil voit de ce Palais les humides Nayades
Deſcendre, & ſe jouer dans cent mille caſcades,
Et combattant du jour l'importune chaleur,
A ſes traits enflammés oppoſer leur fraîcheur.
Sitôt que du Printems la riante verdure
Des frimats de l'Hiver conſole la Nature,
Flore vient embellir ce ſéjour enchanteur,
Zéphire y ſoupirer ſon amoureuſe ardeur,
Et ſes Boſquets fleuris, à l'Amour, à ſa Mère,
Font oublier Paphos, Amathonte & Cythère.

De ſon côté Colbert, enflammé pour les Arts,
Les raſſemble par-tout dans l'Univers épars,
Et grand comme ſon Maître, en ſuivant ſon exemple,
Pour l'honneur du Commerce, il leur éleve un Temple (29);

Et par leurs traits vainqueurs, dont il se rend l'appui,
Sait immortaliser eux, le Monarque & lui.
C'est-là que mille bras, en consacrant leurs veilles,
Enfantent chaque jour d'étonnantes merveilles,
Dont le succès hardi produit chez le Jaloux,
Le suffrage tout haut, & tout bas le courroux :
C'est-là qu'on voit voler, par des ruses savantes,
A la superbe Iris ses couleurs éclatantes ;
Et la laine & l'aiguille, esclaves du tableau,
Par l'art le plus brillant balancer le pinceau.
  LOUIS voulant aux Arts fixer un sort tranquile,
Dans son propre Palais leur assigne un asyle ;
Et, par amour pour eux, les comblant de bienfaits,
Dans sa protection les confirme à jamais.
Aussi pour l'assurer de leur reconnoissance,
Leur main de ce Palais augmente l'ordonnance,
En releve l'éclat par l'embellissement,
Et pour en faire encore un plus beau monument,
Elle place au-devant cette rare façade,
Dont l'effet magnifique, en riche colonnade,
Se prolonge, & fait voir en son projet rempli,
Le chef-d'œuvre de l'Art, & le plus accompli.
Enfin par-tout LOUIS voit les Arts par leur lustre,
De son regne éclatant rendre l'histoire illustre.

CENT Peuples ſubjugués, mille exploits inouis,
Aujourd'hui ne font pas le grand nom de LOUIS;
C'eſt par les Arts qu'il vit: ce ſont eux dont la gloire,
Chez la Poſtérité fait regner ſa mémoire.
Les Arts ſont immortels; l'éclat de leur flambeau
N'eſt jamais obſcurci par la nuit du tombeau;
En vain on y deſcend, ils nous en font renaître,
Et de la faulx du Tems par eux on devient maître.
Qui les protège, eſt ſûr de placer ſur ſon front
Des lauriers qui jamais ne redoutent l'affront.
Malheur à qui contr'eux prononce l'anathême:
Eh! pourquoi les couvrir, eux l'innocence même,
Du manteau de l'opprobre & de l'iniquité?
Leur feu part du flambeau de la Divinité.
Quiconque oſe ternir l'éclat de leur victoire,
Verra toujours parler en faveur de leur gloire,
Cent mille Monumens dans l'Univers épars:
Le tombeau du cahos fut le berceau des Arts.
O TOI, qui de ton Trône, où ton Peuple t'adore,
Vois ton regne chéri, quoiqu'encore à l'aurore,
Jeune Titus, qui joins, ainſi que tout BOURBON,
L'éloge de ton cœur à l'éclat de ton nom;
Emule de HENRI *, qui par toi va renaître;
Toi, qui de tes ſujets plus Pere encor que Maître,

* Henri IV.

Prétends, ainsi que lui, par mille heureux bienfaits,
Répandre dans leur sein l'abondance & la paix,
Et qui, par la vertu, dont tu chéris la gloire,
Feras placer ton nom au Temple de Mémoire;
Vois, de ton Trône assis, les Talens & les Arts,
Pour vivre sous tes Loix voler de toutes parts:
Ils accourent en foule au bruit de l'allégresse,
Que de ton regne heureux produit la douce yvresse,
Et leur impatience attend tout son bonheur
D'un Prince généreux, & d'un Roi Protecteur.
Mais déja ton coup-d'œil a caressé leur zèle,
Leur Troupe à t'illustrer va se montrer fidelle.
Bientôt vingt Monumens en ton honneur dressés,
Vont prouver leur amour & leurs soins empressés.
Par le marbre & l'airain consacrant ta mémoire,
Dans les Fastes des Arts ils vont placer ta gloire,
Et fixant les regards de la postérité,
Chez elle assureront ton immortalité.
Regner avec les Arts, c'est regner en grand Homme,
C'est avoir les Trésors & d'Athènes & de Rome.
Auguste, dont le nom vole de toutes parts,
Ne dut ce nom fameux qu'à l'Empire des Arts;
Et César à Pharsale, aux Champs de la Victoire,
Par celle des Talens veut compléter sa gloire.

Vois comme à son grand cœur donnant un libre essor,
Ce Prince, le César & le Solon du Nord,
Frédéric (29), pour les Arts & s'anime & s'enflâme,
Comme il leur rend honneur, & leur ouvre son âme,
Leurs droits sur ses bontés sont toujours affermis,
Il les protège en Roi, les accueille en amis,
Et des sots préjugés détruisant la puissance,
Par la splendeur des Arts il fait fuir l'ignorance;
A la gloire des Arts il fut toujours enclin,
Alexandre à Lissa, Philosophe à Berlin.

Vois cette Catherine (30) illustre & renommée,
Dans les glaces du Nord pour les Arts enflammée;
Sa voix de toutes parts les appelle à grands cris,
Son cœur est leur asyle, elle connaît leur prix.
C'est par ces mêmes Arts, c'est par leur influence,
Que du fier Ottoman abattant la puissance,
Par des pas sagement calculés & secrets,
Romanzoff (31) sait du nombre éluder les effets,
Et des Corps ennemis divisés par distance,
Coupant adroitement l'étroite intelligence,
Les bloque, & par un coup savamment combiné,
Enferme dans Chumla le Visir étonné,
Et le force, en mettant le comble à sa victoire,
A signer une Paix qui le couvre de gloire,

Et dont l'heureux Traité signalant son appui,
Eternise à jamais sa Souveraine & lui.

Vois Thérese (31) & Joseph, cette auguste Famille,
Dont un des Rejettons (32) à côté de toi brille,
Par l'éclat enchanteur de ses charmes puissans,
Et partage avec toi nos cœurs & notre encens;
Vois, dis-je, avec quel feu, quelle chaleur extrême,
Ils protégent les Arts, comme leur cœur les aime.
Les Arts & les Talens, de faveur enivrés,
Ont vu toujours chez eux leurs travaux honorés,
Ils en flattent le zèle, & leur main l'encourage,
Par des traits généreux qui forment leur hommage:
Leur amour pour les Arts jamais ne s'affaiblit,
Aussi de leurs bienfaits l'Univers retentit.

Du plus riche Pérou les beaux Arts sont la mine:
Sois Frédéric, Joseph, Thérese, & Catherine,
C'est-là, Jeune Monarque, où la Terre t'attend:
Et les Français verront avec avec un œil content,
Revivre sous tes loix, Roi vertueux & juste,
Les siécles de Henri, de Louis, & d'Auguste.

FIN.

NOTES.

MORPHÉE (1), suivant la Fable, eſt le Dieu du Sommeil. On lui donne pour attributs des pavots, parce qu'ils ont la vertu ſoporative.

(2) Orphée, ſuivant la Fable, étoit un Chantre fameux, que tout le monde ſe plaiſait à entendre. Mais c'eſt une allégorie, pour dire qu'Orphée était un homme éclairé, qui inſtruiſit les autres hommes, & les tira de la profonde ignorance où ils étaient.

(3) Le tombeau de Mauſole était une des ſept merveilles du monde. Ce fut la Reine Artémiſe, ſa femme, qui par le vif attachement qu'elle avait pour lui & qui la rendit inconſolable de ſa perte, lui fit faire ce tombeau après ſa mort.

(4) On ſait qu'un char attelé de ſix chevaux pouvait courir aiſément ſur l'épaiſſeur des murs de Babilone : on avait été un tems conſidérable à les bâtir. C'était une des merveilles du monde.

(5) Les Jardins de Sémiramis étaient encore une des merveilles du monde.

(6) Le Coloſſe de Rhodes étoit une figure d'une ſtature immenſe, dont les deux pieds étaient appuyés ſur les deux extrémités du Port, de ſorte que les vaiſſeaux qui y entraient & qui en ſortaient, paſſaient entre ſes jambes. C'était encore une des merveilles du monde.

(7) Le Temple d'Ephèſe était auſſi une des

merveilles du monde. Il était fameux par les richesses immenses dont il était rempli, & les Oracles qui s'y rendaient : il étoit dédié à Diane.

(8) Erostrate, qui pour faire parler de lui, brûla le Temple d'Ephèse.

(9) La Peinture. Le Dessein était connu bien long-tems avant la Peinture ; mais l'origine de cette derniere n'est guères que vers le tems de la guerre de Troye.

(10) Apelle, fameux Peintre de l'antiquité. Ce fut lui qui peignit la Maîtresse d'Alexandre.

(11) Praxitelle, fameux Sculpteur de l'antiquité. Ce fut lui qui fit cette belle Vénus, qu'on appella depuis la Vénus de Praxitelle.

(12) Phidias, célèbre Sculpteur aussi de l'antiquité.

(13) Archimède, le plus savant Méchanicien de l'antiquité. C'est lui qui est l'inventeur de la vis sans fin & du miroir ardent. Il était dans Syracuse, lorsqu'elle fut assiégée par les Romains, & il défendit la ville tant qu'il put par ses machines industrieuses. Il en avait imaginé une, qui, lorsque les vaisseaux des assiégeans approcheraient de la ville, devait les accrocher, les renverser & les submerger. Tandis qu'il la construisait, la ville fut prise ; & au moment où les Romains entraient dedans, lui, ignorant ce qui se passait, sortit pour aller faire l'essai de sa machine ; un Soldat ennemi qui ne le connaissait pas, le rencontrant dans la rue, le tua. Ainsi périt cet homme savant, dont la fin fut malheureuse.

(14) Homère, célèbre Poëte Grec, qui a écrit la guerre de Troye, en un Poëme Epique qu'on appelle l'Iliade. Il a fait aussi l'Odissée & la Gigantomachie ou la guerre des Titans.

(15) Pindare, fameux Poëte Grec, qui a fait des Odes sublimes, dans lesquelles il a chanté la victoire de ceux qui étaient couronnés dans les Jeux Olympiques.

(16) Les Jeux Olympiques étaient établis en l'honneur de Jupiter, & se célébraient dans la Grèce, tous les cinq ans, avec beaucoup de pompe.

(17) Amphion, fameux Musicien de l'antiquité.

(18) Anacréon, fameux Poëte Grec, qui a fait des Poësies amoureuses très-agréables.

(19) Attila, Roi des Huns, qui avec une armée considérable ravagea l'Italie & mit tout à feu & à sang. Il est nommé dans l'Ecriture *Flagellum Dei*, le Fouet de Dieu.

(20) Constantin le Grand.

(21) Mahomet second, qui après avoir ravagé la Grèce, vint, avec une armée considérable par mer & par terre, assièger Constantinople, & la prit après 58 jours de siége.

(22) Constantin XIV. ou XV. C'est le dernier des Constantins.

(23) Bysance. Avant que Constantin le Grand eût pris Constantinople, à qui il donna son nom, elle se nommait Bysance.

(24) Côme de Médicis, Duc de Toscane. Ce fut

lui qui rappella & fit revivre les Arts dans l'Italie.

(25) Côme de Médicis. C'est le même dont il est parlé dans la note précédente. Il combla les Artistes de ses largesses, parce qu'il avait lui-même un goût très-vif pour les Arts.

(26) La Machine de Marly.

(27) Les Eaux de Versailles.

(28) C'est Mansard qui, outre le Château, a fait aussi les Jardins de Marly ; de sorte que Marly est entièrement de Mansard.

(29) La Manufacture Royale des Gobelins.

(30) FRÉDÉRIC. Le Roi de Prusse. Tout le monde sait combien ce Prince aime & protège les Arts.

(31) CATHERINE II. Impératrice de toutes les Russies. Cette Princesse, pleine d'amour pour les Arts, ne cesse de leur faire accueil & de les récompenser magnifiquement.

(32) M. le Comte de Romanzoff, Feld-Maréchal des Armées de l'Impératrice de Russie. Ce sont les talens de ce Général qui ont forcé la Porte à faire la paix, qui est la plus honorable du monde pour la Russie; & cette époque est la plus glorieuse du regne de CATHERINE II.

(33) THÉRESE, Impératrice, Reine de Hongrie & de Bohème, & son auguste fils JOSEPH II. Empereur. Ils ne cessent d'honorer les Arts, & de les combler de bienfaits.

(34) La Reine.

Fin des Notes.

Lu & approuvé, ce 7 Novembre 1774.

CREBILLON.

Vu l'Approbation, permis d'imprimer, ce 13 Novembre 1774.

LENOIR.

www.ingramcontent.com/pod-product-compliance
Ingram Content Group UK Ltd.
Pitfield, Milton Keynes, MK11 3LW, UK
UKHW020526180726
13839UKWH00005B/2326